こころのポケット

織江りょう

てらいんく

こころのポケット

もくじ

第四章　トウモロコシのうた

第五章　なつやすみ

曲譜《きょくふ》

第一章　ぼくの星《せい》座《ざ》

ぼくの星座《せいざ》

空《そら》に　夕日《ゆうひ》が
沈《しず》むころ
夕焼《ゆうや》け空《ぞら》の
むこうから
星《ほし》の　ひろがる
夜《よる》がくる

一《いち》ばん星《ぼし》　を
見《み》つけたら
光《ひかり》のことば
きいてみよう
とおい　宇宙《うちゅう》の
ささやきを

空《そら》に　夕日《ゆうひ》が
沈《しず》んだら
空《そら》いちめんの
星《ほし》たちが
みえない　手《て》と手《て》
つないでる

ぼくの　なかにも
星座《せいざ》がある
大事《だいじ》な大事《だいじ》な
人《ひと》たちが
しっかり　手《て》と手《て》
つないでる

馬《うま》

ぼくの　中《なか》を
馬《うま》が　走《はし》るよ
風《かぜ》のように
みどりの　野原《のはら》を
駆《か》けていくよ

たてがみが
揺《ゆ》れて　いるよ
波《なみ》のように
夏《なつ》の　日射《ひざ》しに
光《ひか》っているよ

光《ひかり》の　中《なか》を
馬《うま》が　走《はし》るよ
後《うし》ろへ後《うし》ろへ
ひづめの　音《おと》を
残《のこ》していくよ

目《め》を　閉《と》じると
そこに　いつも
馬《うま》が　いるよ
そっと　目《め》を上《あ》げて
ぼくを見《み》ている

冬《ふゆ》の日《ひ》

ながい冬《ふゆ》
雪《ゆき》の下《した》では
無数《むすう》の　たねが
ねむってる
花《はな》咲《さ》く　はるを
ゆめみてる

ながい冬《ふゆ》
雪《ゆき》の上《うえ》では
無数《むすう》の　いのちが
まっている

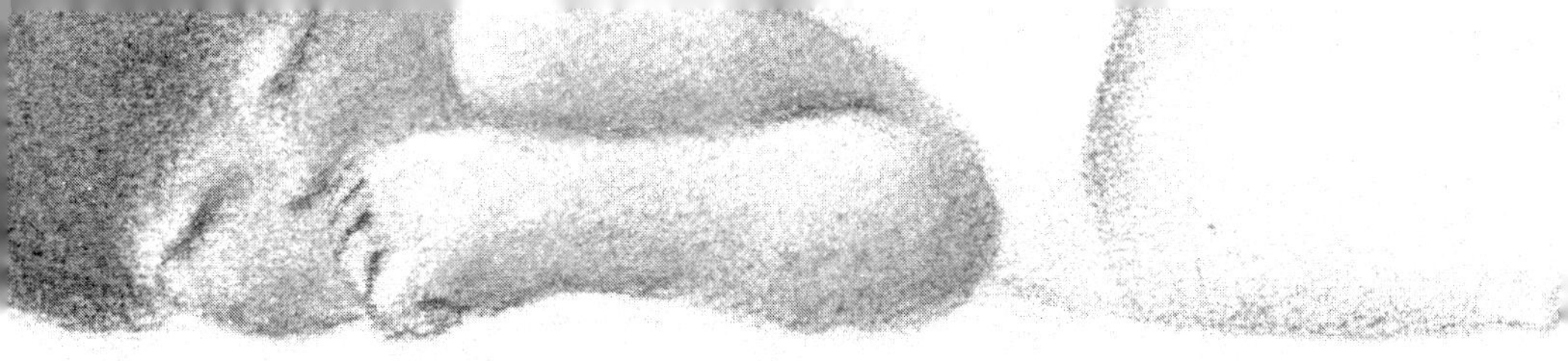

花《はな》の　咲《さ》く日《ひ》を
ゆめみてる

さむい冬《ふゆ》
月《つき》の下《した》では
雪《ゆき》は　蒼《あお》くて
あたたかい
はるの　想《おも》いに
つつまれている

空《そら》が　ある

空《そら》が　ある
いつものように
空《そら》が　ある
みあげる　むこうに
空《そら》が　ある
どこまでも　つづく
空《そら》が　ある
だれもが　みんな
ひとつの　空《そら》に
だかれてる

空《そら》が　ある
あの日《ひ》のような
空《そら》が　ある
さみしい　ときにも
空《そら》が　ある
うれしい　ときも
空《そら》が　ある
だれもが　みんな
あの日《ひ》の　空《そら》を
だいている

なまえ

たちどまった
みちばたに
ちいさな花《はな》が
さいていた
ひかりのように
かがやいて…

なんという
なまえなの？
地球《ちきゅう》のうえの
みちばたで
きみとぼくとが
ならんでる

ふしぎだね
うれしいね
おなじ時間《じかん》を
生《い》きている
いのちという名《な》の
きみとぼく

かたつむり

かたつむりは
泳《およ》いでいるの？
あじさいの海《うみ》で…。

かたつむりは
泳《およ》いでいくの？
水平線《すいへいせん》にむかって…。

雨《あめ》の匂《にお》いをたどって
帰《かえ》っていくの？
生《う》まれてきた海《うみ》のほうへ…。

かたつむりには
きこえるの？
遠《とお》い日《ひ》のおかあさんの声《こえ》が…。

イルカ

イルカが　とぶよ
あおい　うみ
なかまと　とぶよ
ひろい　うみ
イルカ　イルカ　イルカ
イルカの　とんだ
そのあとに
ちいさな　にじが
かかってる

イルカが　よぶよ
あおい　うみ
ぼくらと　いっしょに
とばないか
イルカ　イルカ　イルカ
イルカの　とんだ
そのあとに
にじの　はしが
つづいてく

トンボ

あおい　そらを
とんでいく
かぜの　いとを
あむように
トンボの　めのなか
なつのそら

ゆうやけぐもの
むこうから
かあさんの　こえ

きこえてる
トンボの　めのなか
なつのそら

つめたい　かぜの
ふいてくる
あきの　そらまで
とんでいこう
トンボの　めのなか
なつのそら

紙《かみ》ひこうき

紙《かみ》ひこうき　とばそ
あお空《ぞら》に
ぼくのゆめ　のせて
とんでいく
紙《かみ》ひこうき　とばそ
ぼくの　しらない
世界《せかい》まで
遠《とお》く　遠《とお》く
もっと　遠《とお》く
ぼくのゆめ　のせて

紙《かみ》ひこうき　とばそ
あお空《ぞら》に
みんなのゆめ　のせて
とんでいく
紙《かみ》ひこうき　とばそ
宇宙《うちゅう》の　だれかに
とどくように
高《たか》く　高《たか》く
もっと　高《たか》く
みんなのゆめ　のせて

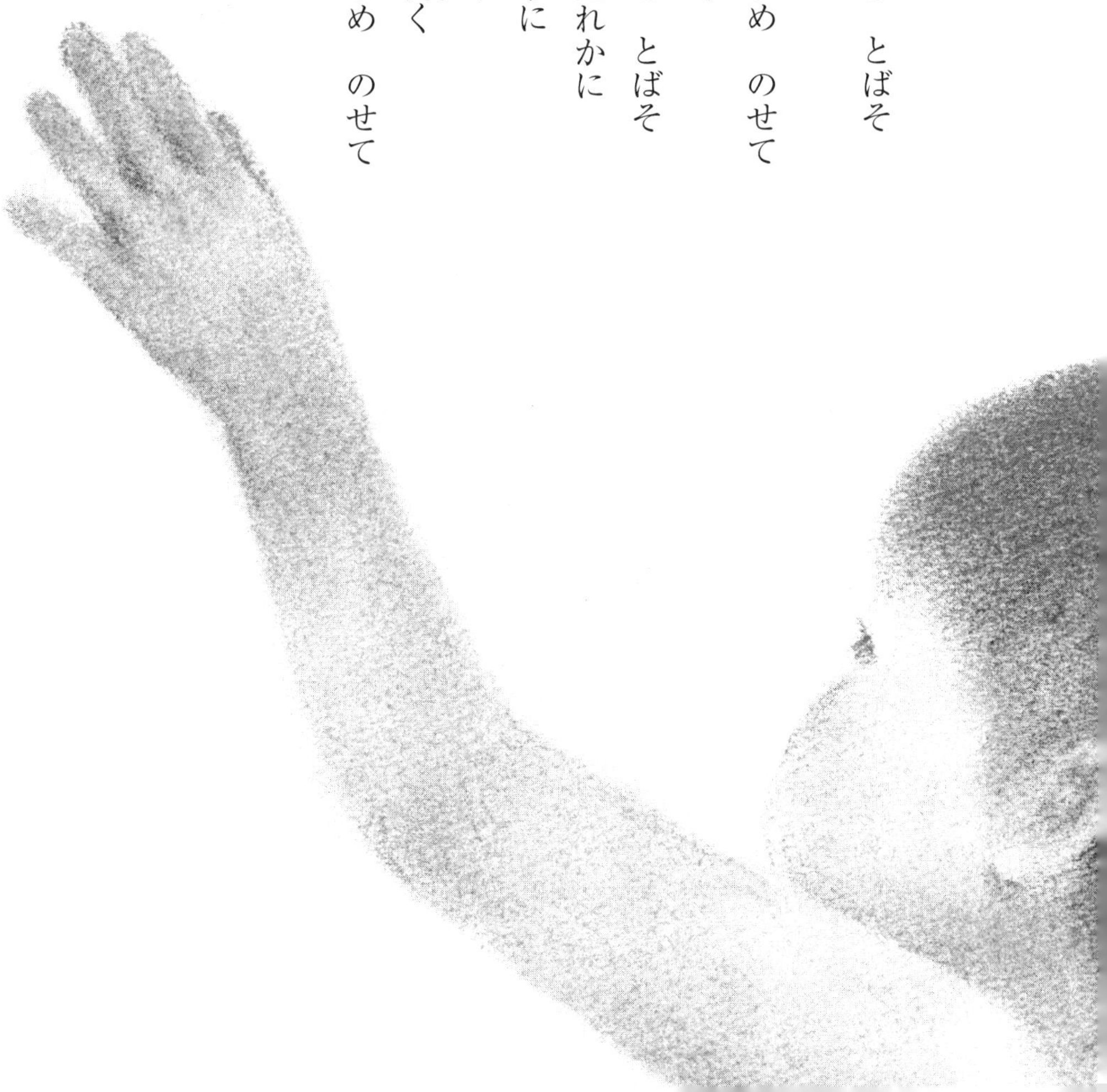

花《はな》になる

花《はな》をみてると
うれしくなる
花《はな》をみてると
きれいになる
わたし…。

花《はな》をみてると
はなしたくなる
花《はな》をみてると
花《はな》になっていく
わたし…。

第二章　リボンのやくそく

リボンのやくそく

おかあさんと
わたしの
まんなかで
こゆびと
こゆびが
むすんでる
ちいさな　リボン
かわいい　リボン

ひみつの　ひみつの
ゆびきり　げんまん

おかあさんと
わたしの
まんなかで
ふたりの
きもちを
むすんでる
ちいさな　リボン
かわいい　リボン

えがおの　えがおの
ゆびきり　げんまん

あやとり

〝あやとり〟ってね
ゆびと　ゆびの
おはなしね
おかあさんの　あんだ
おはなの　うえに
わたしは　ちょうちょを
のせました
いつでも　いっしょに
いられるように…。

〝あやとり〟ってね
ゆびと　ゆびの
おはなしね
おかあさんの　あんだ
おがわの　うえに
わたしは　はしを
かけました
いつでも　いっしょに
わたれるように…。

あの子《こ》のまわり

みている　だけなら
なんでも　ないのに
目《め》と目《め》が　あうと
はずかしい
なんだか　あの子《こ》の
まわりだけ
あかるく　ひかって
いるみたい。

ドキドキ　しながら
はなし　かけたら
ニコニコ　わらって
こたえてくれた
なんだか　あの子《こ》の
まわりから
やさしい風《かぜ》　ふいて
くるみたい。

なかなおり

けんかの　あとの
なかなおり
ふたつの　かおが
わらってる
ほらね
ほらね
ひまわりの　はなに
みえるでしょ

なみだの　あとの
なかなおり
ふたりの　あいだに
かかってる
ほらね
ほらね
ちいさな　にじが
みえるでしょ

はなのみち

あめあがり
こいぬとあるく
さんぽみち
あるくうしろに
ちいさなはなが
さいていく。

あめあがり
こいぬとぼくの
さんぽみち
あるくうしろに
はなのみちが
つづいてる。

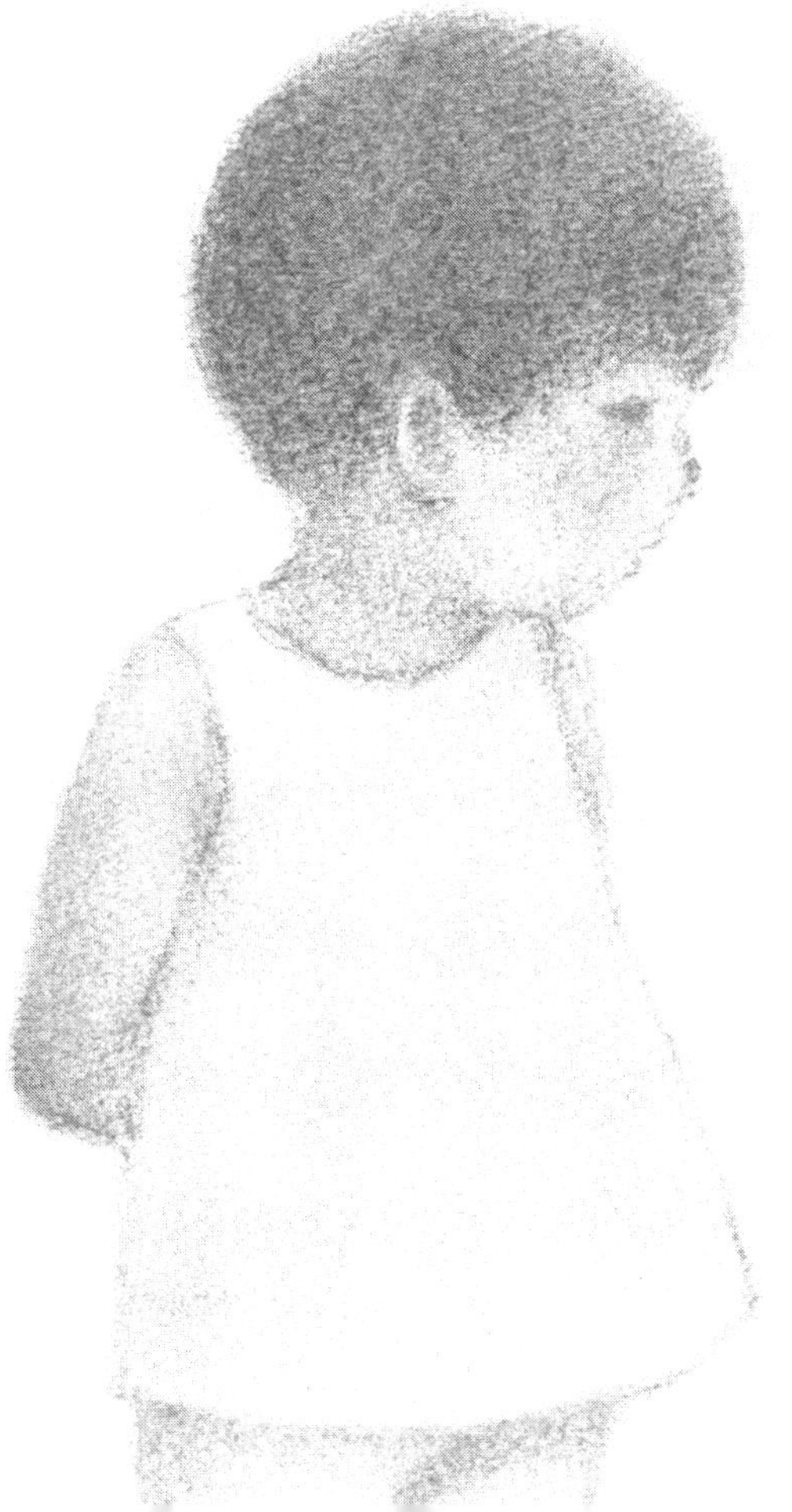

おばあちゃんの　さんぽみち

おばあちゃんの
さんぽみちは
ゆっくり　ゆっくり
あるく　みち
おはなし　してるの?
みちばたの　はなと

おばあちゃんの
さんぽみちは
やさしく　やさしく
ひかる　みち
ひだまり　みたいな
あしあと　いっぱい

あかちゃん

あかちゃんは
いつも　みんなの
まんなかね
みんなの
みんなの
まんなかね

あかちゃんは
いつも　えがおの
まんなかね
えがおの
えがおの
まんなかね

あかちゃんは
いつも　せかいを
てらしてる
たいよう
みたいに
てらしてる

ころもがえ

ごわごわ　うわぎ
ぬいだらね
いっしょに　あそぼう
おひさま　ニコニコ
まっている
ルルル　ラララ
おもわず　うたを
くちずさむ

うきうき　そとへ
とびだせば
ともだち　いっぱい
えがおが　キラキラ
ひかってる
ハハハ　フフフ
おもわず　めとめ
わらってる

えがおの　はなたば

えがおが　ひとつ
えがおが　ふたつ
ふえると　いいな
きれいだな。
えがおが　みっつ
えがおが　よっつ
ふえると　いいな
うれしいな。

えがおの　はなを
さかせて　いけば
せかいは　あかるく
なるだろか。

えがおの　はなを
さかせて　いこう
おはなばたけに
なるように。

きみの　えがお
きれいだね
みんなの　えがお
きれいだね
おおきな　はなたば
つくって　あげる
せかいじゅうの
えがおのはなで。

ありがとう

〝ありがとう〟って
虹《にじ》のことば
あなたと　わたし
ふたりの　こころを
つないでる。

〝ありがとう〟って
花《はな》のことば
あなたと　わたし
ふたりの　こころに
さいている。

第三章　こころのポケット

こころのポケット

こねこは　ね
こねこは　ね
こねこは
こころの　ポケットに
ちいさな　ひだまり
だいている
ポカポカ　ポカポカ
あったかな
おひさまの　くれた
おまもりよ
はるの　ひかりに
つつまれて
まあるくなって
ゆめみるの

こいぬは　ね
こいぬは　ね
こいぬは
こころの　ポケットに
ちいさな　のはらを
だいている
クンクン　クンクン
いいにおい
ちきゅうの　くれた
おまもりよ
おはなばたけの
まんなかを
かぜのように
かけてくの

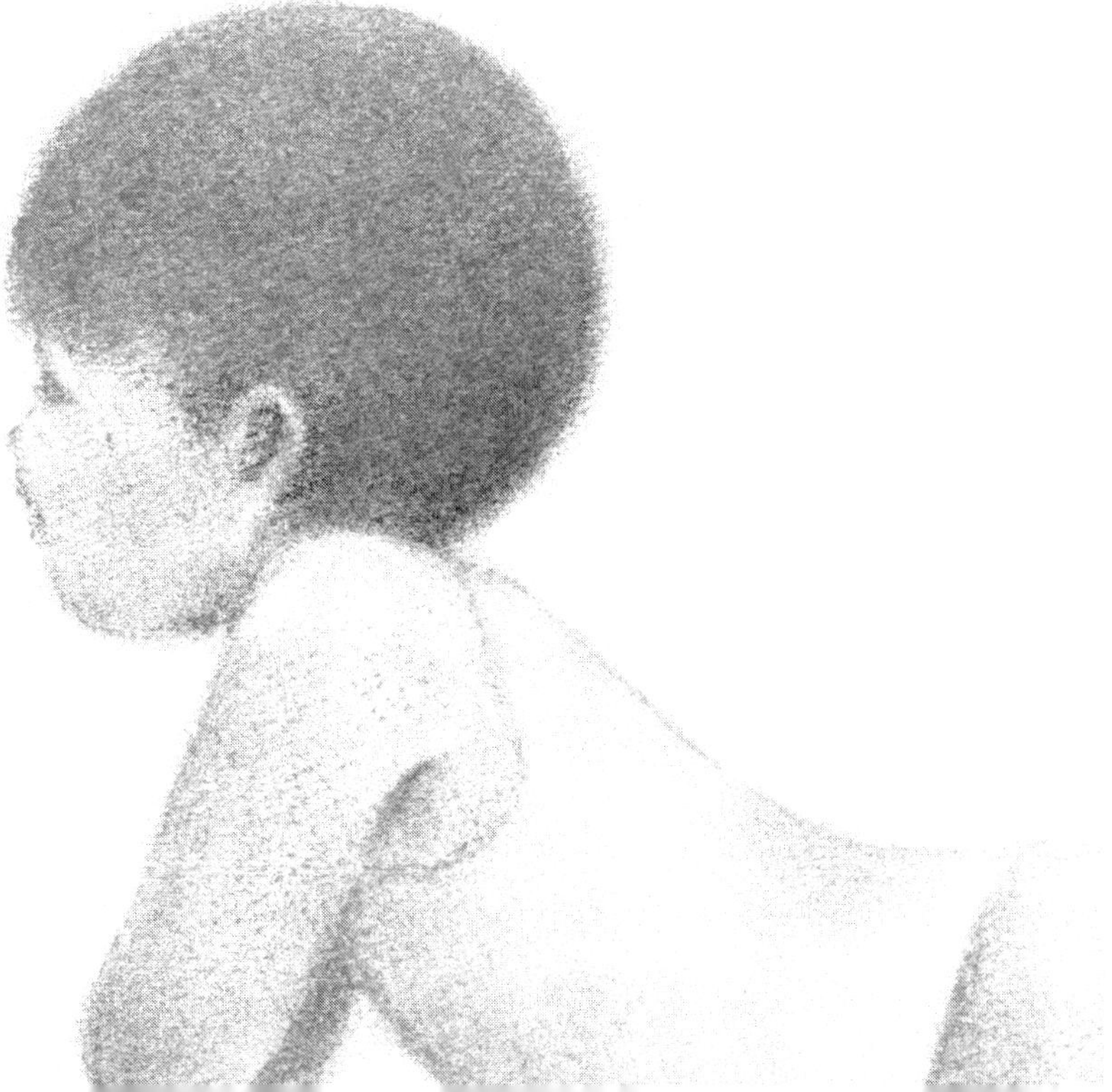

カバのあかちゃん

あおい　あおい
そらのなか
くもが　プカプカ
うかんでる
プカプカ　プカプカ
うかんでる
〝くもって　くもって　　ぼくみたい〟
カバの　あかちゃん
いいました

あおぞら　うつした
みずのなか
あかちゃん　プカプカ
うかんでる
プカプカ　プカプカ
うかんでる
〝ぼくって　ぼくって　くもみたい〟
カバの　あかちゃん
いいました

うさぎ

うさぎさんは　ね
おはなを　みて
ピョン ピョン ピョン
タンポポ　たべて
ピョン ピョン ピョン
きれいだね
おいしいね
って　はねる

うさぎさんは　ね
のはらの　うえを
ピョン ピョン ピョン
ゆきの　うえを
ピョン ピョン ピョン
うれしいな
たのしいな
って　はねる

ピョン ピョン ピョン
ピョン ピョン ピョン
ピョン ピョン ピョン
って　はねる

きりんの目《め》

きりんの　目《め》には
空《そら》が　ある
とおい　とおい
空《そら》が　ある
あおく　すんだ
空《そら》が　ある
ちいさな風《かぜ》が　うまれてる
サバンナの空《そら》
みてるかな

きりんの　目《め》には
空《そら》が　ある
たかい　たかい
空《そら》が　ある

あおく　すんだ
空《そら》が　ある
ちいさな星《ほし》が　うまれてる
うちゅうのむこう
みてるかな

きりんの　目《め》には
空《そら》が　ある
ひろい　ひろい
空《そら》が　ある
あおく　すんだ
空《そら》が　ある
ちいさなぼくを　みつめてる
いっしょに　みようよ
あの空《そら》を

クジラのうみ

クジラが
およぐ
クジラの
うみは
どこまで　いっても
おわらない
こっきょうのない
ひとつの
うみよ

クジラは
およぐ
クジラの
うみを
あおぞらに　うかぶ
くものように
うちゅうに　うかぶ
ちきゅうの
うみよ

はるが　いっぱい

ねこやなぎ
ポンポン
おがわの　かぜが
じゃれてる
さくらのつぼみ
ふくらんで
いつ　さこうかと
まよってる

ここにも　そこにも
あそこにも
はるが　いっぱい
あふれてる

れんぎょう
キラキラ
ひかりの　なみが
よせてくる
ちんちょうげ
いいにおい
あさの　くうきを
そめている

わたしの　なかにも
あたらしい
わたしの　はるが
うまれてる

ひだまり

ひだまりは
おひさまの　ゆびさき。
てをのばして
そっと　ふれていたよ、
うぶげのような
やさしさで……。

ひだまりは
おひさまの　てのひら。
めぶくいのちを
そっと　のせていたよ、
ゆりかごのような
やさしさで……。

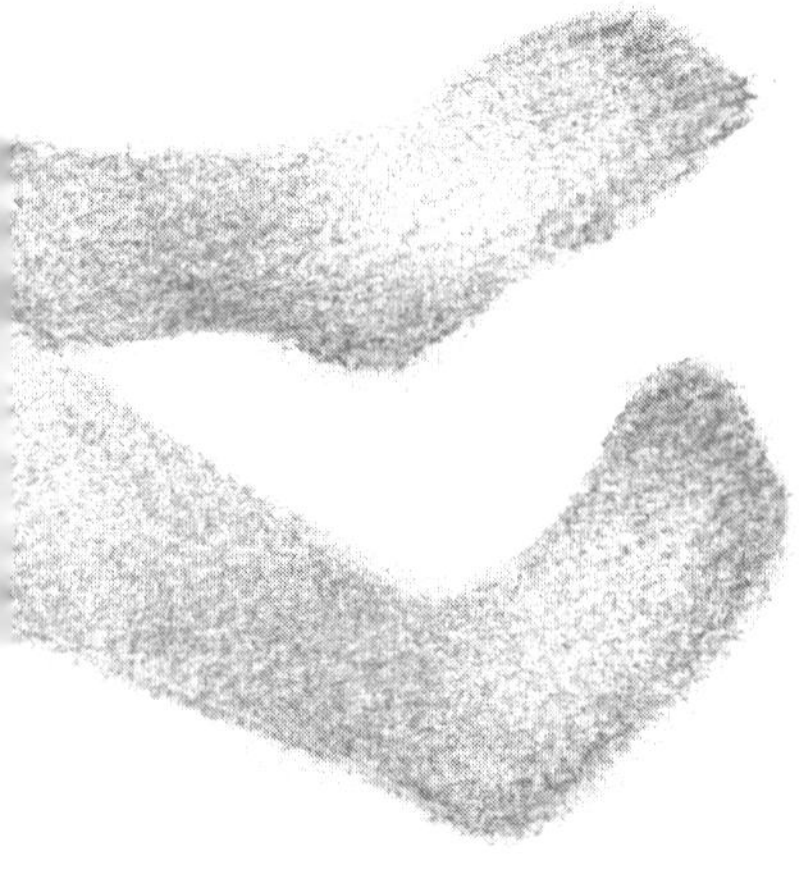

ひだまりは
おひさまの　まなざし。
たかいそらから
そっと　みつめていたよ、
おかあさんのような
やさしさで……。

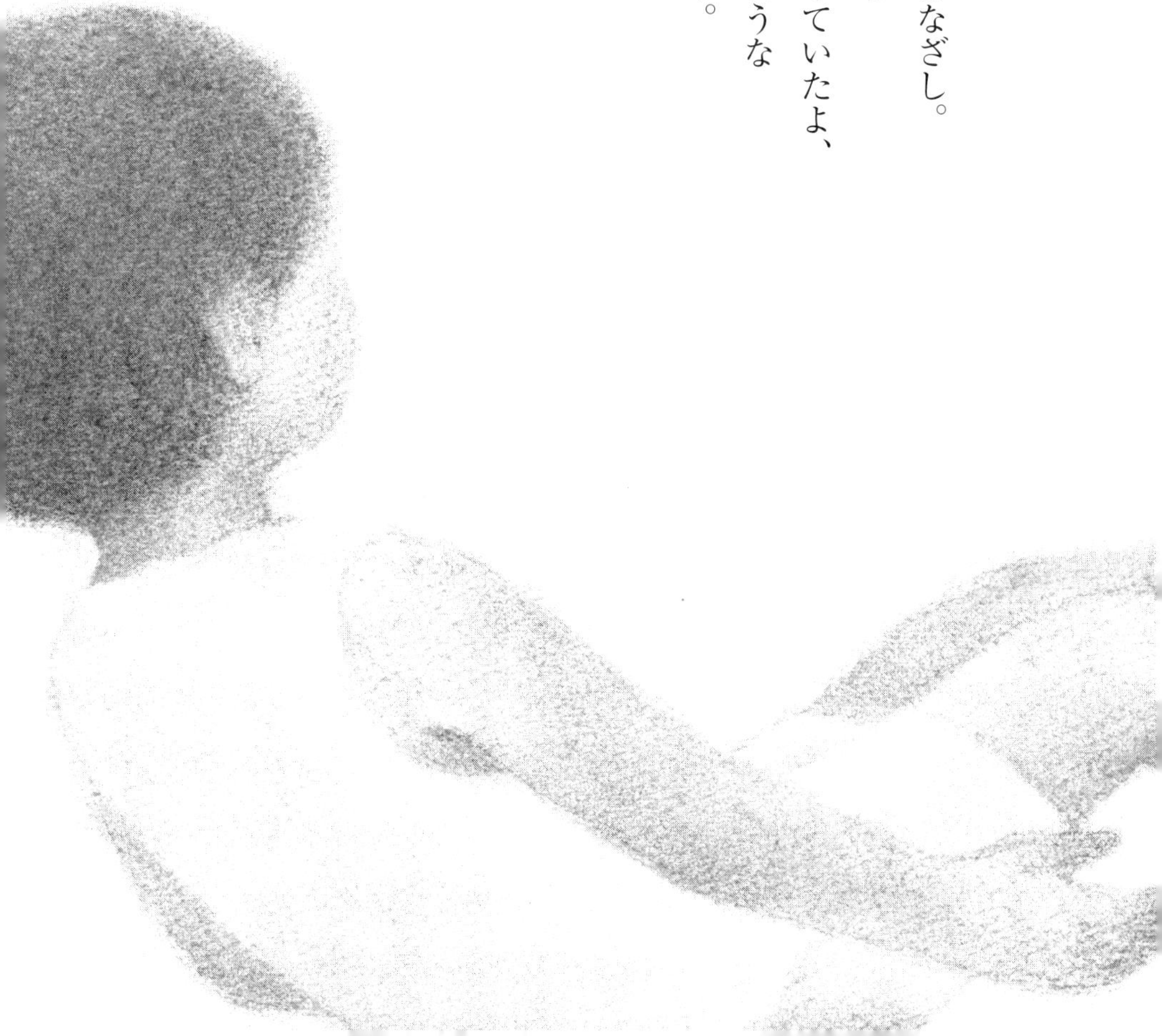

秋《あき》

しずかに　雲《くも》が
流《なが》れている
とんぼが　群《む》れて
飛《と》んでいる
秋《あき》は　ゆっくり
しみてくる
谷間《たにま》のすんだ
いずみのように。

どこかで　木《き》の実《み》が
揺《ゆ》れている
山《やま》に　ことりが
帰《かえ》っていく
秋《あき》は　ゆっくり
しみてくる
わたしの中《なか》にも
いずみのように。

リンゴ

すずのね　そらに
ひびいてる
まるい　からだが
ゆれている
　リン　リン　リン
　　リン　リン　リン
あきの　あおさに
ひびいてる

すずのね　そらに
ひびいてる
あかい　おかおが
ひかってる
　リン　リン　リン
　　リン　リン　リン
みんなの　こころに
ひびいてる

第四章　トウモロコシのうた

トウモロコシのうた

すっかり　かおを
かくしても
ながい　おひげで
すぐわかる
トウモロコシって
おじいさん
やさしい　めをして
わらってる
わらってる

なにを　つつんで
いるのかな
ひろげて　みれば
すぐわかる
おひさまいろの
こどもたち
ピカピカ　ならんで
わらってる
わらってる

はるのブランコ

みのむし　ゆらゆら
ゆれている
ブランコに　なって
ゆれている
はるだね　はるだね
たのしいね
　ルルラ　ルルラ
　ラララ　ルララ

くものこ　ゆらゆら
ゆれている

あさつゆ　きらきら
ひかってる
はるだね　はるだね
まぶしいね
　ルルラ　ルルラ
ラララ　ルララ

わたしの　からだも
ゆれている
はるの　ブランコ
あおぞらに
はるだね　はるだね
うれしいね
　ルルラ　ルルラ
ラララ　ルララ

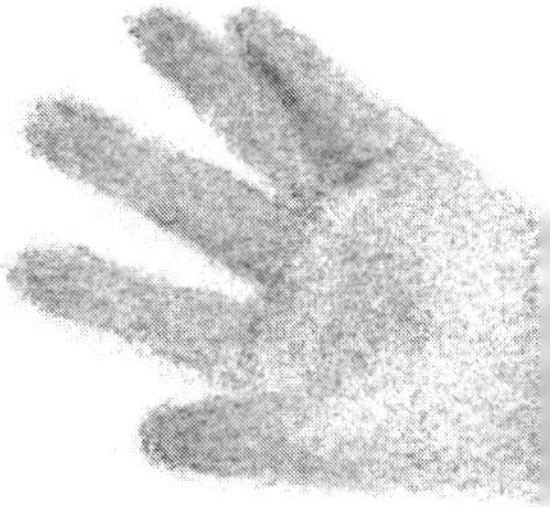

はっぱのおふね

はっぱが　いちまい
　プカプカ　プカプカ
　　プカプカ　プカプカ
お池《いけ》にうかんで
おりました。
しんせつかぜさん
そっと　おして
あげました。
すると
はっぱは　おふねに
なりました。

どこまで　いこうか
　スイスイ　スイスイ
　　スイスイ　スイスイ
お池《いけ》をすすんで
いきました。
トンボがとまって
キラキラ　はねを
やすめます。
みると
ほかけの　おふねに
なりました。

メジロのうた

はるを　さがしに
きたのかな
メジロ　メジロ
わかばのように
とまってる
　チュリリ　チュリリ
チュリ　チュリ　チュリリ
はなびらの　こえ
ふってくる

はるを　はこんで
きたのかな
メジロ　メジロ
うれしそうに
とんでいる
　チュリリ　チュリリ
チュリ　チュリ　チュリリ
ほらほら　はるが
とまってる

タンポポ

まるい　地球《ちきゅう》の
あちこちに
しあわせ　はこんで
いるのかな
風《かぜ》に　のって
とんでいくよ
タンポポの　わたげ

さいたら　いいな
ぼくのとこ
たいよう　みたいな
おはなだよ
風《かぜ》に　のって
とんできてね
タンポポの　わたげ

おんぷのもり

がくふの　なかは
ことりの　もりね
ゆめの　くにから
とんできた
ことりたちで　いっぱい
いつつの　えだに
とまってる

がくふの　なかは
おんぷの　もりね
そっと　ページを
ひろげると
ことりたちの　はばたく
ちいさな　はねの
おとがする

ホウセンカ

かぜの　ゆびさき
ふれました。
　ポロン　ポロン
　　ポロン　ポロン
しずかに　たねが
はじけます。
あきをしらせる
あいずのように。

どこかで　すず虫《むし》
ないてます。
　リーン　リーン
　　リーン　リーン
しずかに　たねが
こぼれます。
いのちのうまれる
あいずのように。

おちば

おちばは
もりが　くれた
ちいさな　たより
かぜひくなって
かいてある
もうすぐ　もうすぐ
ふゆがくる
もうすぐ　もうすぐ
ふゆがくる

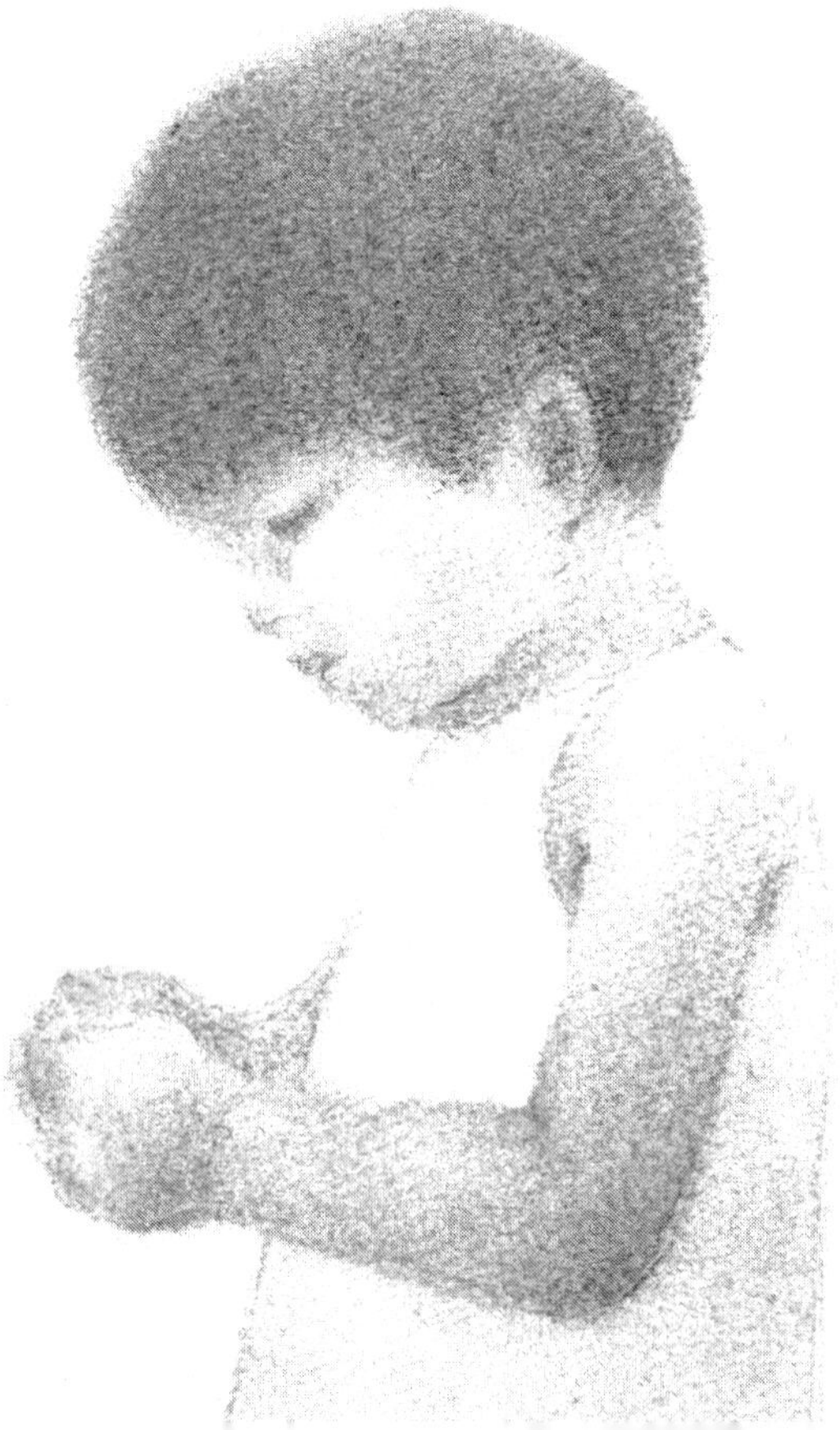

おちばは
あかと　きいろの
かわいい　しおり
きせつのページに
はさんだら
ここから　ここから
ふゆになる
ここから　ここから
ふゆになる

きのこ

きのこの　あかちゃん
うまれたよ
しずかな　もりの
あきのひに
おおきな木《き》の　えだのした
かわいい　かわいい
かささして

きのこの　あかちゃん
あめのなか
すくすく　すくすく
のびていく
おおきくひらいた　かさのした
アリの　おやこが
あまやどり

第五章　なつやすみ

せんこうはなび

ての　なかで
ひかってる
せんこうはなびは
ちいさな　ちいさな　たいよう
てらせ　てらせ
みんなの
えがお
　パチパチパチパチ
　パチパチパチ

めの　なかで
はじけてる
せんこうはなびは
ちいさな　ちいさな　たいよう
てらせ　てらせ
みんなの
こころ
　パチパチパチパチ
　パチパチパチ

カワセミ

水《みず》をきって
すべっていく
虹《にじ》いろの
しぶき
あげながら…。

うれしそうに
わらってる
カラカラ
空《そら》も
はれていく…。

きんぎょすくい

水《みず》の　なかを
泳《およ》いでいる
きんぎょ

赤《あか》く
とけていきそうな
きがする

目《め》の　なかで
そっと
かきまぜてみる

かさ

かさの　おはなは
あめがすき
きれいな　あめに
うたれると
かたい　つぼみが
ひらきます

かさの　おはなは
あめがすき
きれいな　にじが
かかったら
ひらいた　はなが
とじていく

かげ

かげは　ひかりの
うらがわで
いつも　だれかと
であってる。
てとてを　つないだ
おともだち
みんな　ひとつに
なっている。

きょうも　ひかりの
うらがわで
だれかと　だれかが
であってる。
ちいさな　かげを
まもるように
おおきな　かげが
つつんでる。

めぐすり

おちていく　ぼくを
じっと　みあげている
プルルン
あおい　うみが
ゆれる。

うみの　なかに
うつっている　そら
プルルン
うかぶ　くもが
ゆれる。

いないいない　ばー

ぱっと　えがおの
はなさいた
いないいない　ばーの
むこうから。

にっこり　にこにこ
あったかな
ちいさい　えがおが
あらわれた。

なつやすみ

入道雲《にゅうどうぐも》
はんぶん
あお空《ぞら》
かくしてる

走《はし》っても
走《はし》っても
追《お》いかけてくる
草《くさ》の匂《にお》い

きんもくせい

ひかってる
ひかってる
きらきら　くうき
ひかってる
きんもくせいの
あき…。

わらってる
わらってる
くすくす　くうき
わらってる
きんもくせいの
あき…。

夏《なつ》の終《お》わり

草《くさ》のなかから
虫《むし》たちの、
秋《あき》をよんでる
こえがする。

いのちの波《なみ》を
ひからせて、
夏《なつ》がしずかに
ひいていく。

曲《きょく》譜《ふ》

イ ル カ

織江りょう 作詩
小林亜星 作編曲

C
カ がとぶ よ あお い うみ なか
カ がよぶ よ あお い うみ ぼく
C
Dm7 G7 G/F Em7 Am7 9
mf
ま ととぶ よ ひろ い う み イルカ
ら といっ しょに とば な い か イルカ
Dm7 9 Dm7 Bø7 E7 -9 Am7 Gm7 G♭7
イルカ イル カ イルカ の とんだ その
イルカ イル カ イルカ の とんだ その
F△7 E7 -9 Am7 D9 13 B♭9

poco rit.
to Coda
あ と に ちいさな にじが かかって
あ と に にじの はしが つづいて
Em7 E♭7 Dm7 G7-9 13 A♭7
mp poco rit.
D a tempo
る
mf
②イル
D.S.
C△7 Dm7 Em7 G9 13
a tempo
Coda
a tempo
rit.
く
C△7 Dm7 Em7 F△7 B♭7 13 D♭9 13 C△7
rit.
p

カバのあかちゃん

織江りょう　作詩
伊藤幹翁　作曲

mf
カ うかんでる
カ うかんでる
“くもって くもって
“ぼくって ぼくって
rit.
poco rit.
a tempo
mp
ぼくみたい” カバの あかちゃん いいまし
くもみたい” カバの あかちゃん いいまし
1.
2.
た
た
dim.
p

トウモロコシのうた

織江りょう　作詩
上田　　豊　作曲

mp
や さーしい めを して
ピ カーピカ ならんで
mf
mf
や さーしい めを して わらって る わらって
ピ カーピカ な ら んで わらって る わらって
f
f
1.
2.
る
る
poco rit.
poco rit.
5
f
mp

せんこう はなび

織江りょう　作詩
三平典子　作曲

♩≒80
mp
て の なかで ひかってる せんこう はなび は
め の なかで はじけてる せんこう はなび は
mf
ちいさな ちいさな たいよう て
ちいさな ちいさな たいよう て
f
らせ てらせ みんなの えがお
らせ てらせ みんなの こころ

mp
1.
パチ　パチパチ　パチ　パチ　パチパチ　パチ　パ　チ　ー
2.
パ　チ　ー
rit.
p

みんな　ひとつの

相模原市立大野小学校創立百周年記念テーマソング

なかよく　なろう
だれとでも
みんな　ひとつの
ほしの　うえ
やさしい　いのちに
あふれてる
あふれてる
とどけ　とどけ
ぼくらの　ねがい
ひびけ　ひびけ
へいわの　ねがい

なかよく　しよう
いつまでも
みんな　ひとつの
そらの　した
やさしい　ひかりに
あふれてる
あふれてる
とどけ　とどけ
みんなの　むねに
ひびけ　ひびけ
せかいの　そらに

みんな　ひとつの

織江りょう　作詩
若松　歓　　作曲

2番小音符
し い いのちに
し い ひかりに
あふれてるー あふれて
る とどけ とどけ
2番小音符
ぼくらのねが
みんなのむね
f
る とどけ とどけ
ぼくらのねが
みんなのむね
mp
い ひびけ ひびけ
に
1.
へいわ
せかい
い ひびけ ひびけ
に
へいわ
せかい

2.
の　ね が　い
の　そ ら　に
け　せかい の　そら
ひびけせかい の　そら
に　せかい の　そら　に　ー
poco rit.
rit.
f
ff

あとがき

童謡集『こころのポケット』は、第一童謡集『みんなの地球』、第二童謡集『ひだまりの道』に続く第三童謡集です。数編を除き、二〇〇九年〜二〇一三年までの五年間に創作した作品を主体として構成しました。

第一章の「かたつむり」（二〇〇九、四月初出）、「トンボ」（二〇一〇、四月初出）の二編は、『ネバーランド』（てらいんく刊）誌上にそれぞれ掲載されたものです。

第二章の「あやとり」は、年刊童謡詩集『こどものうた二〇一一』、「えがおの　はなたば」は、第一七回『こどものコーラス展楽譜集』（以上、日本童謡協会編）誌上に初出発表されたものです。また、「あかちゃん」（二〇一一、六月初出）は、『児童文芸』（日本児童文芸家協会編集・発行）誌上にそれぞれ初出発表されたものです。

第三章の「カバのあかちゃん」は、年刊童謡詩集『こどものうた二〇一三』（日本童謡協会編）、「きりんの目」は、第一八回『こどものコーラス展楽譜集』誌上にそれぞれ初出発表されたものです。

第四章の「トウモロコシのうた」は、年刊童謡詩集『こどものうた二〇一一』（日本童謡協会編）誌上に初出発表されたものです。

以上の作品が、その期間に各媒体誌上で初出となったものであり、この冊子に纏めさせていただきました。

また、本書では特に、曲の付いた作品の中から数編を選び、その楽譜を巻末に掲載しました。

この第三童謡集『こころのポケット』を構想している中で、もう一度原点に立ち戻って童謡に向き合っていこうと、思いを新たにしているこの頃です。

童謡集『こころのポケット』上梓にあたり、すばらしい挿絵を描いてくださった星奈緒さん、作品に曲を付けてくださった作曲家の先生方、そして、出版社てらいんくの佐相美佐枝代表・里永子様、心から深き感謝をいたします。

平成二六年二月

織江　りょう

作品と作曲者の一覧

●空が　ある【曲：佐藤亘弘】P.12
●なまえ【曲：上田豊】P.14
●イルカ【曲：小林亜星】P.18
●トンボ【曲：足立美緒】P.20
●あやとり【曲：高月啓充】P.28
●えがおの　はなたば【曲：上田豊】P.42
●カバのあかちゃん【曲：伊藤幹翁】P.48
●きりんの目【曲：上田豊】P.52
●はるが　いっぱい【曲：伊藤幹翁】P.56
●トウモロコシのうた【曲：上田豊】P.64
●はっぱのおふね【曲：朝岡真木子】P.68
●せんこうはなび【曲：三平典子】P.82

●みんな　ひとつの【曲：若松歓】P.99
（相模原市立大野小学校創立百周年記念テーマソング）

織江りょう（おりえ　りょう）

本名　杉下邦彦
1951年生まれ。東京出身。
早稲田大学文学部卒業。童謡詩人。
児童文学作家・童謡詩人の矢崎節夫氏に師事。
日本児童文芸家協会会員・日本童謡協会会員。
『ひだまりの道』で、第40回日本童謡賞・新人賞（日本童謡協会）を受賞。
著書に『みんなの地球』『ひだまりの道』

星　奈緒（ほし　なお）

1989年生まれ。新潟県魚沼市出身。
長岡造形大学視覚デザイン学科卒業。
第66回新潟県美術展覧会洋画部門県展賞受賞。
現在、画家として活動中。
個展　「星奈緒展　no name」カフェギャラリー・FATO
「星奈緒展　かたちの決まり事」まつだいカールベンクス・ハウス
「星奈緒展」豊栄地区公民館 区民ギャラリー

JASRAC　出　1400091-401

子ども　うたのオルゴール1
こころのポケット
織江りょう童謡集

発行日　二〇一四年三月一〇日　初版第一刷発行
著　者　織江りょう
装挿画　星奈緒
発行者　佐相美佐枝
発行所　株式会社てらいんく
〒二一五-〇〇〇七　川崎市麻生区向原三-一四-七
ＴＥＬ　〇四四-九五三-一八二八
ＦＡＸ　〇四四-九五九-一八〇三
振替　〇〇二五〇-〇-八五四七二
印刷所　株式会社厚徳社
2014 Printed in Japan

ISBN978-4-86261-101-7 C8392
落丁・乱丁のお取り替えは送料小社負担でいたします。
直接小社制作部までお送りください。

織江りょうの童謡集

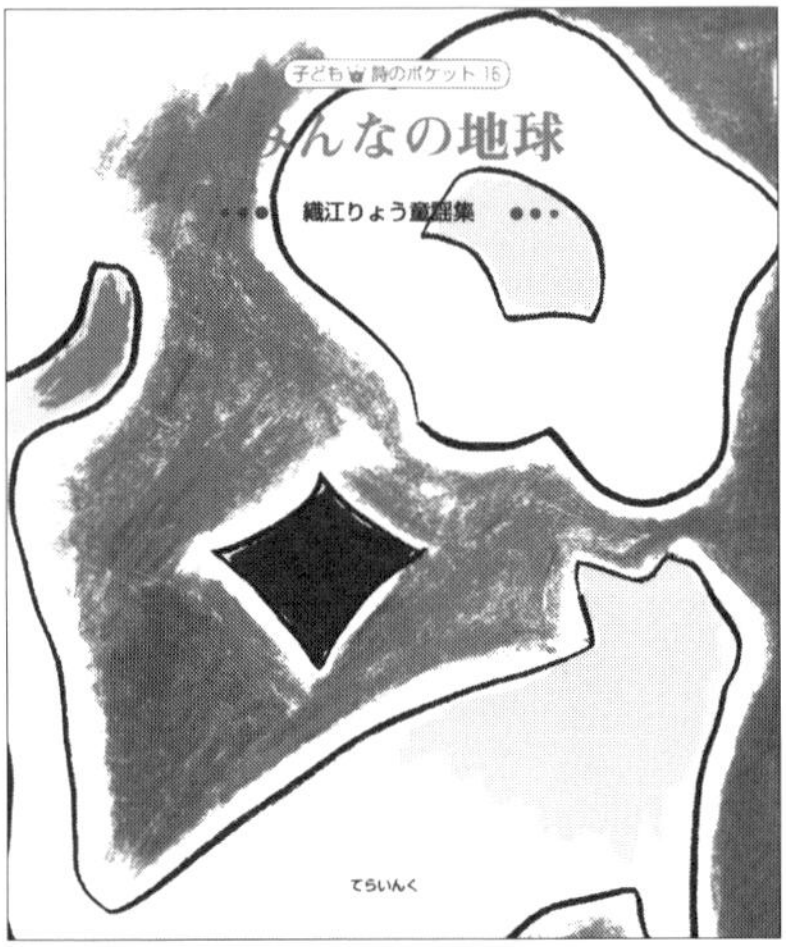

子ども　詩のポケット16

みんなの地球

「みんなの地球」「あかちゃん」「おとうさんの電車」「流れ星」「ひだまり」など、全42編を収録した第一童謡集。

日本図書館協会選定図書

定価　本体1200円＋税

ISBN978-4-925108-83-6

子ども　詩のポケット32

ひだまりの道

「ことりのおんぷ」「世界」「えりまき」「星」など、全45編を収録した第二童謡集。

第40回日本童謡賞・新人賞
日本図書館協会選定図書

定価　本体1400円＋税

ISBN978-4-86261-036-2